KB231188

슬픔을 깨트린 눈물

슬픔을 깨트린 눈물

초판 1쇄 인쇄 2011년 02월 22일

초판 1쇄 발행 2011년 03월 04일

지은이 | 서관덕

펴낸이 | 손형국

펴낸곳 | (주)에세이퍼블리싱

출판등록 | 2004. 12. 1(제315-2008-022호)

주소 | 157-857 서울특별시 강서구 방화3동 316-3번지 한국계량계측협동조합 102호

홈페이지 | www.book.co.kr

전화번호 | (02)3159-9638~40

팩스 | (02)3159-9637

ISBN 978-89-6023-551-9 03810

치유의 노래

슬픔을 깨트린 눈물

서관덕 시집

ESSAY

영혼이 가난한 사람들에게 이 노래를

〈인간은 인간 이상인 그 무엇을 품고 있으며또한 항상 인간 이상이기를 열망하고 있다〉

도대체 나는 누구란 말인가?
하늘인가? 땅인가?
반은 땅이고 반은 하늘이란 말인가?

모든 사람들이 다 죽는다는 것을 알면서도, 심지어는 형제가 죽어 그 몸이 땅 속에 묻히는 것까지 보면서도, 나의 마음 한 쪽 구석에는 나는 죽지 않고 영원히 살아있을 것만 같은 그런 마음이 항상 내 안에 존재하고 있는 이유는 도대체 무엇 때문일까요?

그리고 내 몸은 땅위 한 곳 여기에 머물러있는데도, 마음은 언제나 여기 있지 못하고 진짜 여기를 살지 못한 채, 마음은 언제나 몸을 앞서고 몸을 떠나 자꾸만 다른 무언가를 꿈꾸며 나를 날고 있으니, 그것은 왜 그런 것이고, 그러한 나는 그 어디를 가도 이 땅이 진정 내 집은 되지 못하고, 마음 깊은 곳에서는 여전히 불안이요 방황이니, 도대체 그러한 것들은 왜 또 그런 것인지? 결국 삶은 방황이요 여행일 뿐, 진정 이 땅이 내 집은 될 수 없는 것일까요?

또한 그 온갖 꿈과 상상의 아름다운 것들로 가슴을 채우고 또 채운다 해도, 죽을 때까지 채운다 해도 다 못 채우고 언제나 그 가슴은 크게 비워져 있으니, 그 이유는 도대체 또 어떤 이유에서 일까요?

그것은 이런 이유 때문이 아닐까요?

그것은 육체를 앞서고 그것을 떠나기도 하며 자유로이 나를 날 수 있는 죽지 않는 영원한 영혼이 내 안에 존재하고 있음이며, 그 어디를 가도 이 땅이 진정 내 집은 되지 못하고 여전히 불안이요 방황이며 가슴은 언제나 그토록 크게 비워져 있는 건, 그러한 영혼을 담고 있는 내 가슴 또한 또 하나 작은 하늘이기 때문이 아닐까요?

나는 굳이 그러한 생각을 믿고 싶습니다.

그렇습니다. 나는 몸이라기보다는 차라리 영혼이며 내 가슴 또한 하늘일 것입니다.

나는 잠시 몸을 빌려 이 땅에 여행 중인 것이 아닐까요? 그러므로 나는 내 하나를 땅에 둔 채, 또 하나 나는 항상 나 이상이기를 열망하며, 날고 싶었고, 어딘가로 떠나고 싶었습니다. 그러나 그렇게 날지 못하는 나는 항상 내 몸이 참으로 무겁기만 했으며, 나는 내가 아닌 나로서 언제나 내 몸을 스스로 가누지 못하는 참 어처구니없는 사람이었습니다.

그러한 나는 내 안의 두개의 나가 항상 충돌하며 다툴 수밖에 없었습니다. 하나는 언제나 위로 향하는 나, 또 하나는 아래에 머물 수밖에 없는 나, 이 둘의 나가 항상 충돌하고 다투고 있는 것이었습니다. 하나는 하늘에서 당기고, 다른 하나는 땅으로 나를 당기고, 그것들은 자나 깨나 항상 내 몸을 두 갈래로 당기고 있었던 것이었습니다.

때문에 나는 숲을 걸어도 노래를 불러도 그 어떤 맛있는 음식을 먹어도, 만나고 싶은 사람을 만나도 잠시일 뿐, 언제나 나는 내 자리에 서 있지도 못하고 또 어디 다른 곳으로 피하지도 못한 채, 언제나 내 몸은 허둥거리고 비틀거릴 뿐 이러지도 저러지도 못하는 나는 세상에 기름방울 같은 그런 사람이었습니다. 언제나 나는 하늘과 땅 사이에 수평선을 그리고 있었던 것입니다.

그토록 나는 하늘 젖 굶주린 사람이었죠.

그래서 그것이 나에겐 큰 울음으로 나타납니다.

아기가 배고프면 엄마보고 젖 달라 하는 것처럼, 나도 하늘 고파 항상 하늘 젖 달라 우는 그런 하늘 굶주린 울음 덩이 그 자체였습니다. 나는 그냥 나인대로만 사는 게 못 마땅해서 언제나 울고 있었던 것이죠.

내가 내 이상의 그 무엇에 닿지 못하는 애절한 마음, 나도 날개를 달고 싶었고, 날고 싶어 발돋움만 하다가 날진 못하고 주저앉아 그저 흘리는 눈물, 그것들이 이 노래를 쓰게 된 동기가 됩니다. 나는 나의 온 몸이 울음으로 가득 고여 있듯, 누가 옷깃만 스쳐도 와락 울음을 터트릴 것만 같은 나는 정말 울음덩이 그 자체였습니다.

나는 내 안에 가득 고인 그 눈물을 흘러내릴 그 어떤 길이라도 찾아야 했고, 그 어떤 구원의 길을 찾지 않으면 나는 도저히 더 이상 삶을 지탱할 수가 없을 것 같았습니다.

하늘은 왜 그리 큰 가시로 내 가슴을 그토록 아프게 날 찌르는지 나는 매일 죽고 싶을 때가 한 두 번이 아니었습니다.

이에 나는 나를 구원할 그 어떤 방법이 필요했던 것인데, 그것이 바로 이 노래를 쓰게 된 동기가 됩니다.

그리고 나는 나만큼 아픈 그들과 함께 이 노래를 나누고 싶은 것입니다.

2011년 2월

차례

제1부

사랑이 오면 머뭇거리지 말고

삶의 나라가 있고 죽음의 나라가 있다.
두 곳을 연결하는 것이 사랑이다.

우리가 사랑할 때, 그때 비로소 우리는
삶의 본원이 되는 신의 영혼을 깨닫게 된다.

눈물

울음,
하늘이 땅에 생명을 내리며
뿜어낸 첫 숨결!
세상과 나눈 첫 인사!
그것은 웃음보다는 울음이었습니다

웃음이 만족의 땅에서 하늘로 뿜어지는 구름이라면
울음은 하늘에서 목마른 땅으로 내리는 위로의 비
그렇게 웃음은 땅에서 하늘로 비의 바람을 내듯
울음은 벌써 하늘에서 땅으로 축복을 잉태하는
얼굴 감춘 축복의 미소인 것입니다

땅이 갈라질 때 비를 내리듯,
하늘은 마음에 금이 갈 때
벌써 거기 눈물의 물꼬를 틉니다
누군가 벌써 그렇게 하늘과 땅을
하늘과 사람을, 사람과 사람을
울음으로 이어놓은 것입니다!

눈물은 미움을 용서할 때
하늘이 주는 축복입니다!
눈물은 증오에 항복할 때
하늘이 내리는 감사입니다!
눈물은 곪힌 영혼을 어루만질 때
하늘이 내리는 치유의 젖줄입니다!

눈물로 씻어지지 않는 아픔은 없습니다
눈물로 씻어지지 않는 슬픔도 없습니다
맺히고 맺힌 응어리 그 모두는
눈물이 그 매듭을 풀어줍니다

눈물을 모르는 눈으로는
세상을 보지 못합니다
눈물을 모르는 가슴으로는
사랑도 하지 못합니다
눈물은 슬픔도 아픔도 아닙니다
눈물은 어둔 눈 밝히고 닫혔던 눈
다시 뜨게 해주는 신비의 샘물

눈물은 잘못된 길에서
나를 비추고 세상을 비추어 볼 수 있는
하늘이 준 가장 거룩한 거울입니다

눈물은 생생하게 살아있는 영혼만이
흘릴 수 있는 최고의 신의 선물!
눈물이 마른다는 건
생명이 마르는 것
그러니 우리 모두 '내가 하늘 닿을 때까지'
'하늘이 나와 함께 울 때까지' 울어야 합니다
우리 그렇게 울 때 첫 인사 울음은
끝 인사 웃음으로 이어집니다

그러니 내게 슬픔과 아픔을
거룩한 눈물을 주는 분이여
내가 오래토록 당신을 따를 것이옵니다!

내가 산다는 건

내가 산다는 건
내 안에 네가 사는 것뿐
내가 본다는 건
너 말고는 보는 것이 없을 뿐
나는 내 안에 네가 없으면
나는 아무 것도 아니다
아무 것도 아니다

바람소리만 들어도
네 소리 들리고
나뭇잎 소리 그 소리만 들어도
네가 오는 것이고
내 귀는 네 소리만 들릴 뿐
눈 감으면 더 큰 네가 보이니
네가 내 안에 살지 않으면
나는 아무 것도 아니다
아무 것도 아니다

내 눈 하늘가면 하늘에도
내 눈 꽃잎가면 꽃잎에도

하늘에도 땅에도
모든 곳에 내가 기쁜 것은
아, 그것은
네가 내 안에 사는 것이 아니면
나는 아무 것도 아니기 때문이다

너는 나의 빈 곳
손끝서 가슴까지
내 몸 살 끝에서 살 끝까지-
눈을 떠도 감아도
너는 내 안에 살고 있다

아, 내 가슴팍은 더 그렇다
내 가슴팍은 널 보고 있지 않아도
이미 너를 안고 있다
내 가슴이

네 가슴 살지 않으면
나는 죽은 것이다
이미 죽은 것이다

그러니 내가 사는 건
네가 사는 것 뿐
내 안은 너를 담고 있는 그릇일 뿐
내 안은 나보다 네가 더 많다

그러니 난, 바람소리만 들어도
네 소리 들어야 하고
아침만 되어도 네사랑 먹어야 하니
난, 네가 내 안에 없으면
난, 사는 게 아니다
내가 아니다

내가 사랑하는 사람은

누가 사랑하는 사람을 꽃이라 하였나요?

아닙니다. 그렇지 않아요

내가 사랑하는 사람은 그저 꽃이 아니어요.

그저 보아서 아름다운

꽃인가 하고 다가가면

시들어버리는 그런 꽃이 아니어요.

내가 사랑하는 사람은

다가가기도 전 떨림입니다.

꽃이기엔 너무한 떨림입니다.

내가 사랑하는 사람은 떨림입니다

누가 사랑하는 사람을 꽃이라 하였나요?

아닙니다. 꽃이 다 무업니까!

내가 사랑하는 사람은 그저 꽃이 아니어요.

아름다워 가 닿고 싶은

가 닿고 나면 죽고 마는

그런 죽고 마는 꽃이 아니어요.

내가 사랑하는 사람은

가 닿기도 전 설렘입니다.

꽃이기엔 너무한 설렘입니다.
내가 사랑하는 사람은 설렘입니다

아, 누가 사랑하는 사람을 님이라 하였나요?
아니어요.
내가 사랑하는 사람은 그저 님이 아니어요.
보고 싶어 만났다가 역겨우면 가버리는
만났다가 가버리는 그런 님이 아니어요.
내가 사랑하는 사람은
만나기도 전에 만났던 떨림
내가 그를 본 것 그건 이미 내 눈이 아닌
그건 나의 떨림입니다.
그래 난 안 보아도 보이는 그의 눈에
떨림 되었습니다.
그의 눈빛 되었습니다.

아, 누가 사랑하는 사람을 님이라 하였나요?
아니어요.
내가 사랑하는 사람은 그저 님이 아니어요.

달콤한 소리에 웃고 설운 소리에 우는
웃고 우는 그런 님이 아닙니다.

내가 사랑하는 사람 그 소리는
듣기도 전에 들었던 설렘
내가 그의 소리를 들었던 것
그것은 내 귀가 아니고 나의 설렘입니다.
그래 난 안 들어도 들리는 그의 소리에
설렘 되었습니다.
그의 소리 되었습니다

아, 처음 나는 나의 빈 외로움을
그의 떨림으로 채우려했습니다.
다음 나는 나의 빈 가슴을
그의 설렘으로 채우려했습니다.
아, 그러나 그 모든 것은 어이없는 생각
나는 나를 으깨
그의 영혼 되는 것
그것이 옳은 일이라 생각했습니다.

그래 나는 죽어 그의 떨림 되었습니다.
그의 설렘 되었습니다.

그래 나는
안 보아도 보이는 그의 눈에
눈빛 되었습니다.
안 들어도 들리는 그의 소리에
소리되었습니다.

빗방울 소리

어둔 새벽
창밖에 빗방울 소리
옅은 잠을 깨운다

빗방울 소리
비는 온 세상을 연주한다!
은빛 실 같은 손으로
온 세상 건반을-

땅에 빗방울 떨어지는 소리
신들이 땅의 북 치는 소리
어서 나와 슬픔의 밭고랑에 물 대라고
유리창에 빗방울 떨어지는 소리
신들이 유리 드럼 치는 소리
슬픈 자들, 어서 나와 꽃 비 잔치 가자고!

호수에 빗방울 떨어지는 소리,
나뭇가지에, 꽃잎에, 장독대에…
하늘은 온 세상을 연주한다!

은빛 실 같은 손으로.

슬픈 자들 가슴 두드리는
빗방울 소리, 천국의 화음!
천상의 협주곡!
신들은 기뻐 노래하고
생명의 가슴들은 비를 맞고
기뻐 신음한다!

빗방울 소리
신들이 연주하면 세상은 악기
건반이고 가락이고 곡이 된다

그러나
비는 구름의 한숨까지 안고 오나?
세 해 전 어머니 돌아가신
아버지 가슴에 빗방울 떨어지는 소리
그건 걸음걸음 어머니 발자국 소리

그러나
내 가슴에 빗방울 떨어지는 소리
그건 당신 오는 소리
당신 가는 소리

사랑

〈네가 세상을 지은 너의 주님의 뜻을 알기를 원하느냐?

그것을 잘 알거라,
그것은 사랑이었느니라

누가 그것을 너에게 나타내는지 알겠는가?
그것도 사랑이니라.

그가 무엇을 너에게 나타내는지 알겠는가?
그것은 사랑이니라.

그가 왜 너에게 그것을 나타내는지 알겠는가?
그것도 사랑 때문이니라. 〉

사랑은
한 영혼 또 한 영혼
서로 좋아
두 빛 맞닿으며 좋아
반짝이며 떨리는 생명의 신비

세상은 사랑
나는 사랑 안에 있고
또 그 사랑은 내 안에 있습니다

우린 사랑 때문에
사랑에서 태어나
사랑을 위해 살다가
사랑으로 되돌아가는 것
사랑보다 더 한 것은 없습니다
사랑보다 더 큰 힘도
사랑보다 더 큰 이유도
사랑보다 더 큰 목적도
세상엔 없습니다
이 세상 모두는 사랑입니다

사랑은 모든 것 위에 있으니
어떤 것도 사랑 위에 둘 수 없고
어떤 것도 사랑 앞에 설 수 없습니다
세상을 하나로 만들면 그건 사랑
세상에서 사랑을 빼면 공허일 뿐
사랑 없으면 세상도 없습니다

사랑 밖으로 그 누구 한 사람도
사랑 밖으로 나갈 수 없습니다.

사랑은 모든 걸 다 높여줍니다
우리 가슴 하늘 닿을 때까지

사랑은 모든 걸 다 묶어줍니다
서로를 서로에게
우리를 사랑 하늘에까지

사랑은 모든 걸 다 이깁니다
모든 상처 다 덮을 때까지
모든 잘못 다 덮을 때까지

참된 사랑은 우리를
때론 고통스럽게
때론 슬프게 하나니
슬픔을 먹고 자란 사랑은
어떤 기쁨보다도 위대하고
고통을 먹고 자란 사랑은
어떤 즐거움보다도 더 달콤합니다.

하늘 보려면

가만히 보아야 합니다.
내 깊은 그곳의 하늘 보려면

가난한 마음을 가지고 보아야 합니다.
하늘 높은 곳 그곳의 하늘 보려면

깨끗한 마음을 가지고 보아야 합니다.
내 친구 그 안의 하늘 보려면

순수한 마음을 가지고 보아야 합니다.
풀잎 이슬 그 안의 하늘 보려면

아기의 마음을 가지고 보아야 합니다.
아름다운 꽃 그 안의 하늘 보려면

바보스런 눈으로 보아야 합니다.
뛰노는 강아지 그 안의 하늘 보려면
하늘 나는 나비 그 안의 하늘 보려면

'나는 없고 사랑만 있다' 는
마음 갖고 보아야 합니다
사랑하는 사람 그 안 하늘 보려면

사랑은

사랑 앞에선 아무도
크지도 작지도 않습니다
사랑은 사랑 그 자체일 뿐
작지도 크지도 않습니다

사랑 앞에선 아무도
가깝지도 멀지도 않습니다.
사랑은 사랑만을 위할 뿐
사랑은 가깝지도 멀지도 않습니다

사랑은 들어가는 문도
나오는 문도 아닙니다.
사랑은 오직 마주하는 문일 뿐
사랑은 거기에 있는 영원입니다

사랑은 이유가 아닙니다
사랑은 맹목적일 뿐
눈멀고 귀먹지 않은 사랑은
사랑이 아닙니다

사랑은 미소뿐만 아니라
상처까지
죽음까지 사랑하는 것
그것이 사랑 다 입니다

사랑이 있으면
사랑만 있을 뿐
나는 없습니다!

내 시는

누구에게나 시인이 있고 시가 있듯
나에게도 시인이 있고 시가 있습니다

남들은 하늘 내리는 영혼 받아
잉크로 시를 쓴다지만
나는 가시로 내 몸 찔러
아픔으로 내 시를 썼습니다

밤의 고요 속에 깨어있는 꽃 시인은
밤 하늘 별을 따다 달을 따다
영롱한 꽃을 꺾어
가슴에다 시 감 풀고 영감 익혀
비를 먹고 서리 맞고 우박 맞아
바람 섞어 시를 익혀
빛으로 소리로
황홀한 언어로 시를 쓴다지만,

가슴 멍든 나는
두 귀로는 듣지 못해

울기만 하다가
몸뚱이에 몸 귀 하나 더 달고
두 눈으론 보지 못해
울기만 하다가
몸뚱이에 몸 눈 하나 더 달아

눈물에다 아픔에다 고통 달구어
여름이면 번개 맞고 천둥 맞아
가을이면 서리 맞고 우박 맞아
몸뚱이에 내 시 익혀,

그러면 시는 가두고 가두어도
견디지 못해, 떨리다
산통 하는 어머니가 울부짖듯,
터져 몸 밖으로 흘러넘치는
몸 노래,
벙어리 노래
나는 내 시를 몸뚱이로
아픔으로 썼습니다!

내 덩어리 시 덩어리
그 울음 덩이는
누가 살짝 뺨만 건드려도
쪽빛 가을빛이 살짝 가슴만 건드려도
터져 나오는 울음, 그것들은 내 시

나는 내 시를 잉크로 쓰지 않고
아픔으로
몸뚱이로 내 시를 썼습니다.

내가 나를 토해놓은 것
그것이 모두 내 시가 됩니다.

보고 싶은 당신

내가 나무를 볼 수 있지만
나무는 나를 볼 수 없고
느낄 수만 있는 것처럼,
당신은 나를 보지만
나는 당신을 볼 수 없고
다만 당신을 느낄 수만 있으니
나는 당신한테
그런 나무 같은 사람일 뿐입니다

나는 벌레들을 알지만
벌레들은 나를 알 수 없는 것처럼
당신은 나를 알아도
나는 당신을 알 수가 없고
당신을 느낄 수만 있으니
나는 당신한테
그런 벌레 같은 사람일 뿐입니다

석가모니가 얼마나 당신 보고 싶었으면
왕의 자리 버리고, 아내 자식도 떠나서

나이란자나 강가의 한 보리수 밑에서
단좌하고 금식하며
그토록 당신을 보고 싶어 했는지

예수도 얼마나 당신 보고 싶었으면
광야에서 사십일 동안 금식하며
땀이 피가 되도록 기도하며
당신을 보고 싶어 했는지

오늘은 내가 그 이유를 알 것 같습니다
나도 오늘이 바로
그토록 당신이 보고 싶은
그런 날입니다

바람

바람은 온 세상을 들어준다!

모두에 부딪치고
모든 걸 흔들어
모든 건 들어서
모든 걸 묻혀온
바람!
바람은 바라는 것이 바람 된!

바람은 숨결
바람은 혼
바람은 과거
떠다니는 과거!

천 년 전의 것이나 태고의 것이나
모두와 엉키고 엉키어
여기저기 떠다니는 영혼, 영혼,
생명, 생명들 -
바람은

어느 땐 그리움 소리 내다가
어느 땐 한 무더기 젖가슴도 되다가
또 어느 땐 팔이 되어 내 목을 휘감는다

바람,
나도 그런 바람일 걸
그런 바람이고 싶습니다!
그래 네가 마음 무거울 땐
내가 바람 되어 살짝 들어주지!

바람은 모든 걸 흔들어
하늘로 들리어 놓았습니다
모두는 하늘에서 몸살을 앓습니다
여인네 젖가슴도, 동네 강아지도
흙냄새, 보리 냄새
골목 냄새, 아이들 냄새
산 냄새, 풀 냄새
썩은 생선 냄새, 호박냄새
간난 이 젖 냄새

어느 것은 여인네 울음 섞인
모두가 하늘에 들리어
뒤섞이고 뒤섞이어

바람은 떠다니는 슬픈 과거
내가 그런 슬픈 과거와 부딪치면
나는 나도 모르게
끝내 울음이 터집니다!

세상은 불꽃들

세상은 불꽃 들
그 불꽃들의 떨림 들

산다는 게 무엇이냐?
하나의 불꽃 또 하나의 불꽃
너의 불꽃 나의 불꽃 두 불꽃이
서로 알아보고 좋아 깜박거리는 신비

산다는 게 무엇이냐?
노란 불꽃 빨간 불꽃
내가 너를 만나, 너는 나를 만나
알지 못하던 두 불꽃이 섞어져서
친해져서 좋아 깜박거리는 신비

산다는 것 그것은
남자 불꽃 여자 불꽃
반쪽과 반쪽이 한 쪽으로 결합해서
함께 함이 더욱 좋아
더 크게 깜박거리는 신비

산다는 것 그것은
반짝이는 신비일 뿐
삶에는 결론이 없습니다.

삶에는 결론이 없습니다
산다는 것 그것은
꺼져가는 가느다란 빨간 불꽃
그것을 커다란 파란 불꽃 그것이
다시 살려놓고 좋아 깜박거리는 신비
그것이 산다는 것
신은 그들을 알고 또 그들도 신을 압니다.

나는 그런 불꽃입니다
깜박거리는 신비의 불꽃
태양은 커다란 불꽃
이 땅은 사람들의 불꽃
남자 불꽃, 여자 불꽃, 아이들 불꽃
그리고 산에는 나무 불꽃, 벌레 불꽃
생명, 생명, 생명 생명의 불꽃

불꽃, 불꽃, 그리고 불꽃들입니다
그 모두는 하나의 생명-불꽃
세상은 하나의 커다란 끈
세상은 그 커다란
불꽃들의 항아리!

사랑이 배고파

약이 다 닳았어요
불빛은 흐리고요
지난주 진하게 찍자하여
세상 다 얼룩지게
진하게 찍었건만
빛은 벌써 바래고
이레도 못 갔으니

당신을 다시 충전해야 해요
내 안에 당신 흐리네요!
사랑이 배고파
소리는 지직거리고
화면도 흐리고 떨려요
세상은 흔들거리고
앞도 삐뚤게 보이니
당신 다시 사진 찍어야 해요

당신은 나체
내 몸은 사진기

당신은 충전기
그윽한 호수
나는 배터리
사막의 갈증

꽃잎처럼 포개져
눈도 코도 맞추고
발가락 손가락까지 클릭
숨소리도 새나가지 않게
머리카락 한 올도 빠트리지 말고
죄다 다 클릭
다시 사진 찍어야겠네요
무아경에서 아주 짙게
당신 온 세상 신비를
내 가슴 필름에

내 눈물 가까이 오지마세요

나르는 새, 그 그림자가
내 눈가만 스치어도
내 눈물은 터지고 말거예요

당신 말,
스치는 그 말 한마디가
내 볼가만 스치어도
내 눈물은 터지고 말 거예요

당신 손 그 끄트머리가
내 손 끝, 그 끝에만 닿아도
내 눈물은 터져죽고 말 거예요

그러니 내 눈물 가까이 오지 마세요.
말 한마디도, 그림자 하나도
손 끄트머리도, 살 끄트머리도
어둠을 스치는 바람까지도
살랑이는 댓잎 하나도

그러니 내 눈물 가까이 오지 마세요!
당신 가슴은 더구나!
당신 가슴, 그 가슴이 나 닿으면
난 죽도록 울고 말 거예요!
난 이미 죽고 말 거예요!
내 눈물 그렇게 멍울져 있어요.
터지면 터지리라고 -
스치기만 해도, 닿기만 해도
터질듯한 눈물들이
볼가에도, 눈가에도
손끝마다에, 살 끝마다에
방울방울 고여 있어요.
그러니 내 눈물 가까이 오지 마셔요

가을 기도

나무에 가을인 것처럼
나도 가을입니다
나무에 잎 벗겨지듯
내 몸도 잎 벗겨집니다.
뱀이 허물을 벗듯
나방이 고치를 뚫듯

가지가 뚜렷이 하늘 내밀듯
선명한 내 알몸
하늘로 내밉니다.

하늘에도 가을
땅에도 가을
나무에도 가을
내 몸도 가을입니다

내가 당신 앞에 그렇게 선명해졌습니다.
내가 당신 앞에 그렇게 가까워졌습니다.
여름 가고 가을만큼
내가 당신 앞에 그렇게 가까워졌습니다.

나 이상의 끈

내가 나 이상의 끈을 내어

나무와 꽃 이상의 끈과
나비와 벌 이상의 끈과
풀벌레와 곤충 이상의 끈과
강아지와 닭 이상의 끈과
하늘과 땅 이상의 끈과
바람과 별 이상의 끈과
연결
연결
끈 연결하여
나무와 꽃과
벌레와 곤충과
강아지와 닭과
하늘과 땅과
바람과 별과
함께 놀 줄 아는 사람
그는 더 이상
간사한 사람이 필요치 않습니다.

그는 하늘만 있으면 됩니다

그는 하늘만 있으면 삽니다

그는 바라는 게 없습니다

그는

땅하고 하늘만 있으면 삽니다

둘이 하나

서로가 서로에게 기울다
하나가 된 둘!

내가 지금 〈나〉라고 부르는
모두는 당신,
내가 내 안을 들여다보면
나는 모르고 당신만 보여요!
나는 보이지 않는 당신부분일 뿐!

태어나기 전부터 이미
우린 약속된 선택,
세상이 당신 선택했을 땐
이미 나도 거기 포함된 것이었죠!
나에겐 이미 당신이 있었고
당신에겐 이미 내가 있었죠!

원래는 영원이었던
원래는 완전이었던 하나가
태어나며 반쪽과 반쪽,

사람과 사람으로 갈라진
우린 얼마나 외로웠겠어요?

지금 이제
가슴의 귀는 가슴 소리를 듣지요.
반과 반이 반으로 있을 수 없어
반과 반이 본래의 하나로
다시 영원을 향해 합해지는 소리를,

신비의 눈길, 고요의 가슴은
말해주고 있지요
이제 하나로 섞인 우린
둘로 구별할 수 없고
이제 하나로 혼합된 우린
둘로 나눌 수 없다고.

이제 우리가 사는 건
하나가 하나의 삶이 아닌
둘이 하나의 삶을 사는 거라고!

당신은

하늘 한 점에서
신비를 반짝이던 당신 눈빛은
하늘이 길 낸 대로
날 찾아
숲 속에 잠자던 내 영혼 깨웠지요!

그런 당신은 내 눈 되었고
그런 당신은 내 귀 되었고
그런 당신은 내 가슴 되었어요!
난 그 눈으로 세상 보고
난 그 귀로 세상 듣고
난 그 가슴으로 세상 모두 느끼지요!

눈이 오면 당신은 나의 눈 되고
비가 오면 당신은 나의 비 되고
바람이 불 때 당신은 나의 바람 되어요!

그렇게 난
당신 문 열고 세상 문 열었어요

내가 세상과 입 맞춘 건
당신과 입 맞춘 다음-
난 당신을 안고 세상 모두를 안았어요

그러니 당신이 웃어야 세상도 웃고
당신이 찡그리면 세상 모두가 찡그리지요

그렇게
내 몸은 당신으로 지어진 집
난 그 집에서 살고 있어요!

그렇게 당신이
하늘에 내 점 하나 찍으면
난 어느새 한 마리 새가 되어
힘차게 하늘을 날고 있죠!

당신은 세상의 끝
그 끝보다 더 갈 데는 없고
그 끝 당신을 향해
난 언제나 날고 있어요!

삶은 일정치가 않다
지금 여기가 행복이면
저만큼서 아픔 기다리고 있고
지금 여기가 아픔이라면
저만큼선 행복 기다리고 있으니

살아있다는 건 아프다는 거
아프지 않다면 살아있지도 않은 거
사람은 아픈 만큼 사는 거다!
아픔은 그냥 아픔이 아니고
아픔은 삶을 생생이 깨어있게
찡하게 비추는 거울!
삶은 아픔이 있어
찡하게 아름다운 거다!

사랑도 마찬가지
사랑도 일정치가 않으니
지금 여기가 사랑이라면
저만큼선 아픔 기다리고 있고

지금 여기가 아픔이라면
저만큼선 사랑 기다리고 있으니

살아있음은 사랑하는 것
사랑하고 있음은 살아있다는 거
삶은 사랑하는 만큼 아름다운 거다!

사랑도 아파야 사랑이다
아픔을 모르는 사랑
그건 사랑을 모르는 거다!
진실한 사랑은
아프지 않을 수가 없는 거
아픈 사랑이 진실한 사랑이다
사랑이 아플 땐
그보다 더 큰 아픔은 없다!
그러나 사랑의 아픔보다
더 달콤한 건
세상 그 어디에도 없으니 -

아파야 사랑도 더 아름답고
아파야 세상도 더 아름답고
아이들도 아파야 더 약아지듯
어른들도 아파야 더 성숙한다

사람은
사랑은
아픔만큼 자란다!
사람은
사랑은
아픈 만큼 더 아름답다

하늘도 울어야 젖 준다

아가가 울어야
엄마가 젖 주듯
사람들도 울어야
하늘이 젖 줍니다
울면 하늘은 안 주는 게 없습니다

그러나 하늘은 그대에게
무언가 줄 때 그냥 주지 않습니다
하늘은 먼저
고통을 줍니다
슬픔을 줍니다
눈물을 줍니다
울음을 줍니다
그리고 다음에 하늘의 젖 줍니다

그대에게 먼저 기쁨이 주어졌다면
그건 순서가 잘못된 것입니다
그때 그대는 다음에
슬픔으로 고통으로

눈물로 그 빚 갚아야 합니다
하늘은 눈물을 받고 웃음을 줍니다

태어나기 전 벌써부터
그대는 하늘에
눈물의 빛
고통의 빚
슬픔의 빚 졌기 때문입니다

울지 않으면 하늘에선
비도 빛도 내리지 않습니다
온 사람이 온 마음으로 울고 있을 때
하늘은 비도 주고 빛도 주는 것입니다

로때기

아가야 울어라
울면 엄마가 젖 준다.
사람들아 울어라
울면 하늘이 젖 준다.
산들아 땅들아 울어라
울면 하늘이 젖 준다.

갈라진 땅엔 비 오지 않았습니다.
갈라진 가슴엔 비 오지 않았습니다.
가슴이 땅처럼 갈라졌습니다.

가슴엔 울음도 다 마르고
이십 년 삼십 년이 되도록
가슴엔 그렇게 비 내리지 않고
눈물만 태웠습니다.

그러던 하늘이
오늘은 하늘을 가르고 구름을 가르고
갈라진 땅에 비주기 시작합니다.

갈라진 가슴에 비를 뿌립니다.

이제 비가 쏟아지기 시작합니다.
소나기, 소나기입니다!
갈라진 땅에, 갈라진 가슴에
땅이 파이도록 옵니다.
가슴이 파이도록 옵니다.

비가 땅에 부딪칩니다.
하늘이 땅의 슬픔을 깨는 소리입니다.
비가 가슴에 부딪칩니다.
하늘이 가슴에 슬픔을 깨는 소리입니다

비가 오는 건 그냥 오는 게 아닙니다.
내가 하늘만큼 울었기 때문입니다.
내가 하늘 보고 젖 달라 -
비가 오는 건 그냥 오는 게 아닙니다.
땅이 하늘만큼 울었기 때문입니다
땅이 하늘보고 젖 달라 -

땅을 적시는
가슴을 적시는
비는 위로의 비!

두 개의 하늘

하늘은 인간의 가슴을
왜 그토록 크게 비워 놓았을까!
하늘만큼-

그리고 그 가슴에
누가, 무엇이 그토록 필요한 것일까!
그곳에-
나 말고-

나에겐 두 개의 하늘 있다
머리위의 하늘과
가슴 속의 하늘이다
가슴 속의 하늘도
머리 위 하늘만큼 크다

머리 위 하늘은 하느님이 꾸민다.
가슴 속 하늘은 내가 꾸민다.
내가 꾸미는 하늘도 큰 하늘만큼 크다

내 하늘 넓히며
거기 사랑 그리면 사랑 생기고
거기 초원 꿈꾸면 아름다운 초원 생긴다.
나는 내 하늘에서 산다
하늘은 그리는 만큼 커지고
그리는 만큼 아름답다.

그러나 가장 작은 사람 하늘도
큰 사람 하늘보다 작지가 않다
하늘은 다 똑같은 하늘
하늘은 공평하다!
사람들은 모두다 하늘 하나 갖고 있다
한 사람 한 사람이 다 하늘이다
하늘은 크고 작음이 없다
높고 낮음도 없다
비교가 없다!
하늘은 다 아름다운 하늘이다!

꽃 속에

꽃 속에 무엇이 있을까?
꽃을 보다 내가 꽃 속에 들어간다

꽃도 세상이다!
나에게 세상 있듯
꽃에도 세상 있다
우리가 우리보다 더한 무엇이듯
꽃도 꽃보다 더한 무엇일 거다!
잘은 모르겠지만 그래도 알 것 같다
꽃은 그냥 꽃만은 아닐 거다
내 가슴에 하늘 있는 것처럼
꽃에도 하늘 있을 거다
그래, 꽃은 하늘이다!
그러나 사람들은 알지 못해 -
눈 때문에
마음 때문에

꽃 속에 무엇이 있을까?
그 속에는 듣는 귀 있다
보는 눈도 있다

노래하는 입도 있다
그러나 사람들은 몰라 -
눈 때문에
마음 때문에

사람들은 모르나니!
바람의 손이 꽃을 만져주면
꽃도 좋아 노래한다는 걸!
비의 가슴이 까맣게 타는
목마른 꽃의 가슴 만져주면
꽃도 좋아 울어버린다는 걸!
지나던 벌이 그리움에 지친
꽃의 입술에 입맞춤할 땐
꽃도 좋아 신음한다는 걸!
그러나 이런 때도 있다
어느 날 갑자기
우박의 주먹이 꽃을 때릴 땐
꽃도 아파 신음한다는 걸

꽃 속에 무엇이 있을까?
꽃 속은 하늘이다!
꽃 속에도
밤이 있고 낮이 있고
해가 있다
계절도 있다
봄 여름 가을 겨울
그러나 사람들은 몰라
눈 때문에
마음 때문에

몸도 마음도 없이
내가 꽃 속에 들어간다
꽃은
꽃은 하늘이다!

봄 집

겨울 벗기고
하늘 깨뜨리고
봄은 알을 깝니다
커다란 봄 알을 깝니다
그러면 나무들은
뿌리에 물을 먹고
가지에 틈을 벌려
봄 터트려
꽃을 피웁니다.

진달래 벚꽃들도
봄을 가누지 못해
가지마다 틈을 벌려
온통 꽃을 피웁니다.

사람들도 너도 나도
겨울 벗고
봄 가지 가누지 못해
꽃나무 아래로 가

가슴 벌려, 팔을 벌려
봄을 터트립니다

몸짓합니다
봄 짓합니다.
내 봄 만지러 오라고
내 봄 가지러 오라고
내 봄 누구 받을 사람 없냐고?

여름 한낮

풀벌레 소리

나뭇잎

잎사귀들은

늘어져 낮잠을 자요

빛도
비도
배불리 먹고

배가 불러 낮잠을 자요

풀벌레 소리

푯대거리 길

조금만 더 가면 정거장,
그 언덕바지 밑에
기차가 들어오면 푯대가 숙이는
푯대거리 길 있습니다.

그 길은
장날이면
어머니 치맛자락 잡고
장 따라 가던 길
아버지 마차타고
장 따라 가던 길

그 길은 할아버지 돌아가서
아버지 옷소매 잡고
꽃상여 따라 가던 길
할머니 돌아가서
아버지 그림자 밟고
꽃상여 따라 가던 길

오라 손짓하며
잘 가라 손짓하는 푯대거리길

우린 모두 그 길로 지납니다
반갑게 맞았다가
서럽게 보내는 길
푯대거리 길

꽃상여 타고
또 꽃상여 타고
우리 어머니도 그 길로 가시고
우리 아버지도 그 길로 가시고
나는 울며울며 상여 따라 갔습니다

나는 지금 한 낮 땡볕 아래
또 꿈을 꿉니다.
또 하나 꽃상여가 지나는 것을
내가 그 꽃상여 타고 가는 것을

우린 모두 그 길로 지납니다.
마차도
꽃상여도
기차가 들어오면
고개 숙이는 푯대 거리 길

오는 사람 가는 사람
할아버지 할머니, 아버지 어머니
그리고 나도
잘 왔다 손짓하고
잘 가라 손짓하는 푯대거리 길로

사월 하루

사월 하루
오전 열한 시
섭씨 십팔 도
나는 사람을 떠난다
사람 옷을 벗는다
몸은 몸이 아니다

하늘을 난다
하늘과 하늘 맞춤
잎들과 잎 맞춤
꽃들과 꽃 맞춤
나도 초록

나는 나 밖으로 나가
하늘을 난다
나비 하늘 펄럭이면
나도 하늘 펄럭인다

나는 사람을 떠난다
사람들 밖으로
나도 나비다
꽃이다
초록이다

나는 녹색 빛
나는 사람을 떠난다
세상 밖으로

하늘같은 바보

2007년 2월 28일자 신문기사 보니
매달 기초생활지원비 33만원에 노인수당 5만원
도합 38만원으로, 혼자 누우면 꽉 차는
전세 900만원의 비좁은 단칸방에
홀로 사시는 87세 박영자 할머니,
끼니도 제대로 못 드시고 전기 가스비도 아껴
어렵게 평생 모은 전 재산 1000만원을
"어려운 사람 위해 써 달라."
"죽기 전에 좋은 일 한번 해보고 싶다"하시며
사회복지공공 모금 회에 기부하셨단다.
그리고는 "이제야 빚을 갚아 행복하다"하시며
천사처럼 밝은 얼굴에 웃음 떠나지 않는 할머니,
"이제 그 웃음이 어디서 나오는지 알 것 같다"하시니
아, 이 얼마나 아름다운 부자인가!
신 같은 바보!

나 같으면 900만원에 1100만원 더한
2000만원 전세방을 얻고도 부족하여
아직도 얼굴에 수심가득 했을 텐데…
아, 나야말로 얼마나 부끄러운 거지인가!

나는 왜 그리 못할까?
나는 왜 그리 못할까?
나는 죽기 전에 좋은 일 한 번 못할라나 보다
좋은 일 해야지 좋은 일 해야지 생각만하다
나는 죽기 전에 좋은 일 한 번 못할라나 보다
나 참 부끄럽다!
난 언제 그런 신 같은 바보 될 수 있을까?

'바보, 그는 죽을 때 크게 죽는다.' 는데
나 오늘 '부자가 천국에 들어가기는 낙타가
바늘귀 구멍 들어가기보다 더 힘들다'라는
말 이해할 수가 있을 것 같다

고향 그림자

꿈이 자꾸만 고향엘 갑니다
꽃들이 해를 쫓아 동아릴 틀듯
내 꿈도 고향에 동아릴 틀고
고향 돼버렸습니다
나도 꿈 따라 그림자 따라
고향엘 갑니다

고향 흙 닿고 싶어
흙에 살 닿고 싶어
고향 풀 닿고 싶어
풀에 살 닿고 싶어
어릴 적 나 보고 싶어
나 고향에 갑니다.

땅도 헤집고
검불 뒤집어 보고
장독대 열어보고
소 외양간 문 열어 봅니다
그림자 보려고
내 그림자 보려고

나는 없고 그림자만 있나?
상처 일부러 찔러보듯
그림자 찔러 보고
발로도 차봅니다
나는 움찔 놀라
못내 울컥-

나는 발길을 돌립니다
응어리 다 못 으깨고
설움 다 담그지 못하고
슬픔 다 적시지 못하고

오는 길엔 그림자가
못내 쫓아옵니다.
끝내 그림자가 나를 따라
다시 내 방에 눕습니다

제2부

죽음까지 이기는 아름다움

기뻐하라! 기뻐하라! 인생의 사업, 인생의 사명은 기쁨이다.
하늘을 향하여, 태양을 향하여, 별을 향하여, 풀을 향하여,
나무를 향하여, 동물을 향하여, 그리고 인간을 향하여 기뻐
하라. 이 기쁨이 어떠한 일이 있어도 파괴되지 않도록 감사
하라. 이 기쁨이 파괴되면 그것은 다시 말해서 그대가 어디
선가 과오를 저질렀기 때문이다. 그 과오를 찾아서 고치도록
하라.

― 톨스토이

지상에서 아무것에도 집착하지 않고 부단히 변화하는 것들
사이로 영원한 열정을 몰아가는 자, 그는 행복하여라!

나는 작은 사람

내가 어렸을 적
나는 큰 사람만이 좋은 줄 알고
큰 사람이 된다고 그랬어요
나를 보는 사람들도
내가 큰 사람 될 거라고
나보고 큰 사람 되라고 그랬어요
그래서 나는 하늘에 기도하였습니다
큰 힘을 가질 큰 사람 되게 해달라고 -

아, 그러나 나는 그렇질 못했습니다
큰 사람 되질 못했습니다
작고 작은 사람 되고 말았습니다
하늘은 나를 작게
아주 작게 부수고 깨뜨렸습니다

난 하늘 입안에서
슬픔과 아픔으로
작게
아주 작게 부수어졌습니다

하늘이 먹기 좋게

아, 그러나 나는 알았습니다
나는 작아지고 세상은 커졌다는 것을
나는 작아지고
세상은 더 아름다워졌다는 것을
나는 작아지고 세상 모든 것은
더 소중해졌다는 것을
더 귀중해졌다는 것을

아, 이제 알았습니다
내가 작아지면
들에 핀 풀잎 그 녹색도 더 짙어지고
내가 낮아지면 꽃들도 높아져
들에 핀 꽃 한 송이
그것도 더 아름다워지고
내가 낮아지면
길거리에 누워 있는 걸인 한 사람
그 사람도 참 귀한 사람 된다는 것을

그리고 난 작아져서
그 크신 당신도 볼 수 있었습니다
내가 큰 사람 되었다면
볼 수 없던 당신을

나는 이제
당신이 작은 사람에게 주는
작지만
그 큰 기쁨으로 살겠습니다.

내가 사는 이유
이제 그것은
작은 기쁨 그것이
능히 내가 살 수 있는
그 큰 이유 되게 하여 주옵소서!

나의 어머니

수건 두르고 호미 잡고
땅을 파고 있는 저 얼굴 좀 보아라.
저 얼굴에 땅이 그려져 있다
저 얼굴이 나의 어머니이다!

수건 두르고 호미 잡고
밭고랑 매는 저 얼굴 좀 보아라.
저 얼굴에 밭고랑이 그려져 있다
저 얼굴이 나의 어머니이다!

흙이 어머니인 것처럼
나의 어머니는 흙이셨습니다.
흙이 생명인 것처럼
나의 어머니는 생명이셨습니다.
흙이 탄생인 것처럼
나의 어머니는 탄생이셨습니다.
흙이 눈물인 것처럼
나의 어머니는 눈물이셨습니다.
나를 죽음에서 건진
은혜의 눈물이셨습니다

그런 나의 어머니는
세상에서 가장 큰 집이셨습니다
그런 어머니는
나쁜 나, 백 사람이 들어가도
작지 않은 집이셨습니다!
어머니는
강도 같은 나, 도둑 같은 나
나쁜 나, 백 사람이 들어가도
그 보다도 더 큰-
그래도 날 내쫓지 못하시고
다만 바라보고 울고만 계셨습니다.

은혜로운 눈물도 모르는
탕아인 나는 집에서 뛰쳐나와
얼마나 헛된 자유를 누리고 싶었던가!
그리곤 울타리를 뛰쳐나와 가시에 찔리고
돌부리에 넘어져 피 흘린 게 몇 번인가!
그래도 어머니는
다만 바라보고 울고만 계셨습니다.

이제 집 울타리는 거두어지고
그 집은 보이지 않지만
그래도 어머니는 내려다보십니다.
아직도 내가 돌부리에 넘어지고
가시에 찔릴까봐 조바심이 생기셔서…

뜨거운 어머니의 강물이
아직도 가슴 깊이 흐릅니다.
나의 가슴 깊이 흐르는 강물
그것은 나의 어머니
나의 영원한 본향의 강물입니다

두 개의 끈

내 몸이 두 개의 끈으로 당기고 있다
하나는 하늘로부터 내려온
영혼의 끈
자유의 끈이고
또 하나는 땅으로부터 올라온
육체의 끈
욕망의 끈이다

그 두 개의 끈이 언제나 내 몸을 감고
서로 당기고 있다
내 몸을 허공에 두고
언제나 서로 줄다리기하고 있다
새벽 눈뜨면서 까만 밤, 잠들 때까지
세상에 눈을 떠 알고
눈감고 세상 등질 때까지

두 개의 끈이 서로 줄다리기 하고 있다
하나는 하늘로
하나는 땅으로

서로 줄다리기 하다
결국 끈은 끊어진다!
나는 두 갈래로 갈라진다!
나 하나 영혼은 하늘로 간다
그 자유는,
나 하나 육체는 땅으로 간다
그 욕망은

나는
반은 하늘
반은 땅이었는가 보다!

가을

세상 지나가며
세상을 삼키려고
가을이 큰 허공으로
입을 열었다
그리고 그곳으로
날 데리고 간다!
가을 외로운 곳으로

가을 속으로
세상은 작게 오그라들고
나도 작게 오그라들고

여름 다 삼킨 가을은
하늘을 더 크게 만든 가을은
큰 허공으로 입을 열었다
무얼 삼키려고
세상 다 모두
나도 삼키려고
큰 허공으로 입을 열었다

가을은 가고 있다!
가을은
도대체 너는 어디로 가는가?
다 삼키고 가는 가을은?.

어둠

하늘 닫고

문 닫고

온 세상 다 닫고

어둠 속에 갇히고 싶어요

눈 닫고

귀 닫고

얼굴 가리고

어둠 속에 감추고 싶어요

오는 비 그치지 말아요.

비 그치면

나, 숨을 곳 없어요.

한 발 내딛기는커녕

눈조차 뜨기 두려워요

새는 날아

더디 더디 날 새 거라.

날이 새면

나, 숨을 곳 없다.
눈부신 햇살이
두렵도록 부끄럽다

하늘 밥

하늘에 먹구름 덮이고
번개가 번쩍이고
천둥이 친다

하늘이 나 밥 주려나 보다!
하늘이 나 큰 밥 주려나 보다!

하늘이 울고 있다
갈라진 땅에
울고 있는 가슴에
큰 비 주려나 보다
나 큰 밥 주려나 보다!

하늘이 울고 있다
나만큼 울고 있다
천둥 같은 울음을!

하느님 감사합니다.
큰 밥 주셔서

큰 울음 밥 주서서

하느님,
저 천둥 같은 울음 밥 먹으면
내 가슴에
천둥치고 번개치고
한없는 울음 다 퍼내고 나면
나도 당신 나라
그 자유에 들 수 있는지요?

하늘에 비구름 덮이고
천둥치고 번개 치면
난 하늘이 벌써
나 울음 밥 주는 줄 알고
나 하늘 밥 주는 줄 알고
가슴 설레 어쩔 줄 모릅니다.

남의 땅

내 집 위에 또 집 있고
내 집 아래에 또 집 있다
자는 사람 위에 또 자는 사람 있고
자는 사람 밑에 또 자는 사람 있다
그러나 나는 그들이 누군지 모른다.

이곳은 괴물 아파트 도시 -
귀는 듣지 못해도 가슴이 듣는다
쇠창살 찢기는 소리
뼈다귀 소리 들리는 도시 -
이곳은 내 땅이 아닙니다.

하늘과 땅을 끊어놓은 곳
하늘땅과 사람들을 끊어놓은 곳
사람과 사람도 다 끊어진 곳
사람 안테나, 나무 안테나, 들꽃 안테나,
안테나란 안테나는 모두 다 꺾여
소리쳐도 들리지 않는 땅
더듬이란 더듬이는

모두 잘려 분간할 수 없는 땅
생명도 인정도 숨 가빠 헐떡이는 땅

나 있어도 나 모르는 땅
나 아닌 땅 나 없는 땅
이곳은 내 땅이 아닙니다.

온 땅에 쇠말뚝 박혀
땅이 숨 쉬지 못하는 땅
계절이 와도 계절이 없는 땅
사람은 있어도 가슴이 없는 땅
순수는 없다!
순수란 싹이 틀 수 없는 땅
가슴과 인정 모두 콘크리트에 덮인 땅
이곳은 내 땅이 아닙니다.

이곳에선 세 사람 앞에
방 일곱 개 갖고 있어도
잠잘 곳 없는 나그네에게

몸 녹일 방 한 칸 내주지 않지만
그곳 내 땅에선
방 하나에 일곱 사람 자고 있어도
낯선 나그네를 기꺼이 재워주는 곳
그곳이 내 땅입니다

그곳에선 옆집 돌이네 집
숟가락이 몇 개, 젓가락이 몇 개
내가 다 알고 있습니다
그곳이 내 땅입니다

이제 컴컴한 새벽 앞집 뒷집
닭 우는 소리 듣고 싶습니다.
논두렁엔 개구리 울음소리
노을 진 저녁 어둠 컴컴할 땐
멀리 강 건너 개짓는 소리 듣고 싶습니다.
산위에 뜬 달은 꿀이 흐르고
그 달빛에 아낙네들 목욕하는
그곳이 내 땅
그곳으로 날 보내주오!

가을의 영혼

여름은,

잎으로 빛을 모아,

뿌리론 물을 빨아

물 부족하면 비를 더 받고

번개 쏘이고

천둥으론 소리도 담아

바람으로 혼을 넣고,

시간의 그릇은

오래 뒤섞고 반죽하여

씨를 영글게 합니다

가을의 영혼을

하늘에 맞는 가을의 영혼을

가을은

여름이 몸을 감춘

영혼 깊은 커다란 동굴

여름에 문을 닫은 침묵

몸은 비우어 슬프지만
영혼은 만삭인 아름다운 가을
시간은, 모두 비우고
영혼 알맹이만을 담아
생명의 빛을 여인네에 건네려고-

아, 가을입니다!
낙엽은 길가에 뒹굴고 -
여인네 젖무덤 같은 차가운 가을!
그런 가을에 내 살 닿으면
난 가을 저려 살이 저려
몸살을 앓습니다

이제 여인네는 생명을 맞으러
가을 속으로 들어갑니다
한 영혼 맞으러

아 그러나 내가 찾는
여인네는 보이질 않습니다
가을은 없는 가을
비워진 가을!

꺾인 안테나

강바닥에 물고기가
물이 없어 죽을 듯
파닥거리듯
나도 그렇게 물이 없어
땅바닥에 죽을 듯
파닥거리고 있습니다

TV는 안테나가 꺾이어
화면이 떨리듯.
나도 당신과의 안테나가 끊길 듯
저의 영혼이
그렇게 검게 떨고 있습니다

몸은 마른 땅바닥에 파닥거리며
가슴은 검고 희게
그리고 영혼은 허공에 떨고 있습니다
제가 당신의 끈을 놓칠 듯
그리고 당신은 저를 허공에 버릴 듯
저는 그렇게 떨고 있습니다

물이 없는 땅바닥에
파닥거리는 물고기처럼 -

하늘은 날 알까놓았습니다
하늘 껍질 깨고
신비의 알까놓았습니다
한 점 밖, 하늘 아래

하늘은 날 알까놓았습니다
하늘 껍질 깨고
수수께끼 알까놓았습니다
한 점 밖, 시간 속에

하늘은 날 알까놓았습니다
세상 껍질 깨고
울음의 알까놓았습니다
웃음의 알까놓았습니다
한 점 밖, 낯선 땅에

난 하늘 배태한 씨알,
내 안에 하늘
시작과 끝

모두 다 박혀있습니다
난 나만이 아닌 것 알고 있습니다

내가 세상을 봤습니다.
세상도 나를 봤습니다.
거기서 우린 모두가 여행자
잠시 낯선 여행자입니다
내가 너를 본 것도
네가 나를 본 것도

아픔은

아픔은 삶이 졸고 있을 때
'깨어 있으라' 하며
하늘이 찌르는 침!
아픔은 삶을 다시 보게 합니다

아픔이 없으면 삶도 없는 것,
그래 아픔은 거울,
아픔은 내가 날 보게 합니다

아픔은 순수
그 아픔 들여다보면
나는 어려지고 가슴은 맑아집니다

아픔은 거짓을 찌르는 가시
아픔은 참!
그 아픔은 하늘 쳐다보고
나를 나 되게 합니다

그러기에 아픔은 성숙
아픔은 참 아름다움
아픔은 모두를 크게 합니다

아픔은, 하늘이
나를 속으로 예뻐해
나를 한 번 꼬집어보는 것!

하늘은
아픈 가슴을 더 좋아한데요!
그래 난 아파도
그 아픔 사랑할래요

악령

신은 왜 그대에게 악마를 주었는지!

지금 그대 앞에
한 시도 참지 못할,
벼랑 끝으로
죽음으로 내모는 그런 악령 있는가?
그렇다면 피하지도
부정하지도 저항하지도 말고
온전히 다 인정하고
있는 그대로 다 받아들이라!

지금 그 악령은
그대 태어나기 전 벌써
그대 영혼이 맞닿아 싸우기로 이미
선택한 악령인 것 그대 알아야 한다
삶은 한낱 연극,
지금 그 악령은 그 연극에 한 배우일 뿐
그대 영혼을 닦고 성숙시켜
그대를 그대 너머로 깨우치기 위한

단지 얼굴만 가린 가면의 악령이니
그를 증오해서도 배척해서도 안 된다

그는 그대를 위해
하늘이 보낸 한 지고의 간수일 뿐!
그러니 그대 지금 그 악령과의 싸움
그 배역에 최선을 다해야 한다

지금 그 악령 때문에
그대의 일이 마음대로 되지 않는가?
그러나 그대 잘 알아야 한다
삶은 마음대로 되지 않는
괴로운 힘든 것 때문에
더 묘미 있고 가치가 있는 것.
그것은 그대를 깨우치고 깨우쳐
지극히 높은 곳 올리기 위한
한 수련이란 것 잘 알아야 한다

유혹

그대 영혼 베어낼 듯
심장을 빨아낼 듯
온 몸을 마비시키는
그런 유혹 그대 앞에 있는가?
보면 두 눈 멀
안 보면 병나 죽을 것 같은
그런 아름다운 사람 그대 앞에 있는가?
때문에 그대 괴로워 신음하고 있는가?

아, 그것은 신기루일 뿐!
태양이 뜨면 안개가 걷히듯
걷히는 신기루일 뿐
모든 건 겉모양 그대로가 아니다!
몸의 아름다움은
하루 잘 차려입은 비단 옷에 불과할 뿐
그 비단 옷이 정녕 사람은 아닌 거다!
근데 그 옷을 잡고 신음하다니-

사람은 몸이 아니다
영혼이 사람이다!
몸이 아름다움이 아니다
영혼이 아름다움이다!

보여도 보지마라!
눈은 보아도 마음은 보지마라
마음이 보지 않으면 눈은 보지 못한다
아니
마음이 보더라도 영혼은 보지 마라!
영혼이 보지 않으면 마음도 보지 못한다
영혼이 보는 만큼만 보아라!
그 아름다운 영혼을!

그대 미혹하는 그 아름다움은
하룻밤 자고나면 흔적도 없이 사라질
한 꺼풀의 껍질에 불과할 뿐
흔적도 없이 사라질 그 먼지를 붙잡고
그대 그토록 가슴 조이고 울어야겠는가?

그 얼마나 어처구니없는 일인가?
다시 한 번 하늘 쳐다봐라!
없어질 먼지 잡고 그토록 신음해야 되겠나?

사람은 육체가 아니다
영혼이 사람이랬다!
몸이 아름다움이 아니랬다
영혼이 아름다움이랬다!
아름다움이라면 죽음까지도
이겨내는 그 아름다움이어야한다
썩어 없어질 거죽을 잡고
그것이 아름다움이라 하지마라!
사람은 정녕 눈 때문에 보지 못 한다

삶은 영혼으로 살아
몸으로는 죽기 위해 온 것
영혼의 아름다움
그 영원한 아름다움이어야한다!

외로움

외로움이란 혼자 막대기처럼

사막 모래 위에 살짝 서 있는 것일까?

그래 바람만 슬쩍 불어도

쓰러질 듯 더 외로운 것일까?

그래 지푸라기 하나라도 있으면

제 몸뚱이에 얽어매고 싶은 것일까?

그래 전화 하나라도 오면

미친 듯이 달려가고 싶은 것일까?

사람들은 그렇게 모두가 다 모래 위에

살짝 박혀 있는 외로움인가 보다!

몸은 왜 그렇게 늘 다른 몸이 필요한 것인지?

외로움의 막대기 땅 속 깊은 곳에

단단히 쿡 박으면 덜 외로울 텐데…

내가 내 안에 정말 나를 만나면

그땐 외롭지 않을 텐데…

그런데 왜 사람들은 그리 못할까?

아, 그러나
사람은 외로움이다!
영혼은 외로움이다!
영혼은 늘 외로움을 먹고 살아야한다

몸은 여럿 있을 때 잘 자라지만
영혼은 그렇지 않다
영혼은 몸이 여럿일 때
갈라지고 주저앉는다!
몸은 홀로 있을 때 굶주림을 느끼지만
영혼은 그게 아니다
영혼은 홀로 있을 때
하늘 나는 자유이다!

외로움은 영혼에
날개를 달아주는 자유이다!

그대 외로운가?

그대 외로운가?
바람만 슬쩍 불어도
울며 넘어질 것 같이 외로운가?

아! 그러나
사람은 외로움이다!
외롭다는 건 살아있다는 거고
외롭지 않다면 삶도 없는 거
외롭기에 사람인 거다
밤새 물가 홀로 서 있는
물새도 사람만큼 외롭다
사람은 더 외로워야 한다!

보고 또 보면
외로움은 그냥 외로움이 아니다
외로움은 들을 수 있는
귀를 하나 더 주고
볼 수 있는 눈 하나 더 준다
외로움은 저 너머까지
듣게 보게 해준다

외롭다
외롭다 하여
거기 자꾸 살 붙이려 하지 마라
열 겹 스무 겹
사람들로, 돈으로, 커다란 집으로
세상을 다 입어도 그건 외로움!
어차피 세상은 외로움이다

세상 끝에 하나 남는 게 있다면
그건 외로움
그것이 외로움이 다 하는 날
그대가 그대를 피해 어디로 간단 말인가?

나 혼자만 외로운 게 아니다
하느님은 세상 모두를
다 외로움으로 갈라놓았다
다시 또 하나 될 때까지-
외로움으로 성숙하라고
외로우니까 사랑하라고

차라리

외로움에 날개를 달아

춤추고 노래하게 하면 어떻겠는가?

그 외로움, 하늘 날며 춤추게 하자!

외로움에 구멍 뚫린 곳은

오직 하늘로 뿐!

하늘로 밖에 없다

고통

살기가 힘든가?
사는 게 가슴 도려내는 듯
뼈 속 까지 스미는 아픔인가?
몸뚱이가 동강나는 듯
아프고 아파도 삶을 피하지 마라!
삶이 내준 그 고통 피하지 마라!

우리 고통을 잘 알아야 한다
고통이 아픔만인 것은
고통을 다 못 본 이유이다!
고통의 바닥 보고 또 보면
거기 어둔 밤 별과 같은
축복의 씨앗 박혀 있다

인생은 한 편의 드라마
그대는 잠시 연기자일 뿐
그것이 진짜 그대 삶은 아닌 거다
그러니 그 배역 잘해내야한다
그것은 이미 그대가 선택한 것이다

하늘은 그대 사랑해
더욱 성숙시키기 위해
고통의 불로 달구는 것
병들고 부정한 그대 영혼
고통으로 목욕시켜
청정한 평화주기 위함이다

그러니 그 고통에서 비키지 마라!
그 고통은 우연이 아니다
그것은 필연일 뿐이다
그것은 한 발자국 더 내딛게 하는
깨우침의 껍질 깨는 아픔일 뿐!

그 모두 있는 그대로 받아들이라!
고통엔 아무 잘못된 것 없다
삶에 고통이 없다면
삶 자체도 없는 것
고통은 삶을 더욱 빛나게 할 뿐이다

더 큰 고통만이 고통을 이겨 낸다!
그러니 똑바로 바라보고 부딪쳐라!
고통은 깨뜨리고 넘어서야 할 뿐,
그 고통은 썰물처럼 사라진다!

목마름이 더 좋다!
아픈 가슴이 더 좋다!
하늘은 그 아픈 가슴과
진실을 함께 한다
우리 고통을 사랑하고!
고통과 하나 되자!
그러면 고통은 더 이상 고통이 아니다!
고통의 수확은 섭리에 따라
씨 뿌린 자에게 돌아오나니
그것 아는 자, 그 고통까지도 사랑한다

다만 길일 뿐!

그대 행한 일에
무언가 결과 얻지 못해 애달아하는가?
그러지 마라!
행함이 중요할 뿐
행동이 목적지요, 길일 뿐
결과는 그리 중요치 않다
행한 일에 무언가의 보답을 바란다는 것
그건 좀 유치한 생각 아닌가?

삶은 성취가 아니요!
그것은 다만 찬미일 뿐
삶은 위업이 아니요
그것은 다만 유희일 뿐
삶이 목적지가 아니요
그것은 다만 길일 뿐

여기가 살 집이 아니다
여기가 목적지가 아니다
여기는 다만 길일 뿐

가치는 가며 가며 있는 것
천국에 꽃만 보고 그걸 가치라 하지 마라
가치는 때론 지옥 독버섯처럼 나타나기도 한다

지금 그대가 움켜 쥔 것들은
그대가 그대를 몰라
대체한 허상들일 뿐!

삶은 성취가 아니랬다!
삶은 찬미일 뿐이랬다
가치는 다만 보이는 것이 아니랬다
가치는 흐름 속에 있다 했다
결과가 가치가 아니랬다
가치는 마이너스로 나타날 수도 있다

길이 다만 가치일 뿐
길이 집일 뿐!
길만을 보고
다만 길에 취해
길에 춤춰라!

영혼의 결실
그것은
그를 맞이하는 하늘
바로 그 하늘만 안다!

명예

그대 세상에 무언가 되고 싶었나?

그래 무언가 되지 못해 애석한가?

그대 사람들의 박수갈채를 받고 싶었나?

그대 번쩍이는 훈장을 가슴에 달고 싶었던가?

다이아몬드만 박혔다면 그저 명예건 멍에건

사슬이건 그저 목에 걸치고 싶었던가?

그대 무엇 때문에 그토록

사람들의 박수갈채를 받고 싶은 건가?

명예는

멍에일 뿐

속박일 뿐

사슬일 뿐

하늘을 가리는 구름일 뿐

죽은 자들이나 먹고 사는 음식일 뿐!

보고 또 보아라!

하늘을 떠받치고 있는 자가 누구인가를?

사람들 위에 선 선한 체하는 사람들인가

아니면 사람들 밑에 사람들을
떠받치고 있는 가장 밑바닥 사람들인가?

하늘은 세상 모두를 찬미할 뿐
하늘 아래 그 어느 것도 곱고 미움이,
높고 낮음이 따로 없다
세상에 그 어느 사람도 별다르지 않다
아무도 특별하지 않다
특별하다면 모두가 특별할 뿐
하늘은 공평하다
높고 낮음이 따로 없다
바로 지금 여기가 최고의 기회일 뿐!

지금 그대 위에
명예의 밑그림 새겨 있다면
신은 그대 위에 아름다운 그림 그릴 수 없다
그대가 고요로 침묵하고 있을 때
신은 그대 위에 아름다운 그림 그릴 수 있다.

불안

그대 삶이 불안한가?

불안하면 불안해하라!

그대 삶이 두려운가?

두려우면 두려워해라!

그대 지금 불안하면 그 불안이 사실이고

그대 지금 두려우면 그 두려움이 사실이니

거기에서 달아나려하지 마라!

잘 알아라!

불안은 이겨내도 또 불안이고

두려움 역시 이겨내도 또 두려움이다!

어차피 산다는 것 자체가 그들과의 싸움

세상에 안정이란 있을 수 없는 것

삶의 본질은 불안이다

그대 지금 불안하다 두렵다 함은

그대 아직 살아있다는 증거니

차라리 그 불안과 두려움에 미소를 지어라!

삶은 불안이다!

삶은 불안일 수밖에 없다!

삶엔 그 무엇 하나 확실한 게 없다
죽음이외는 -

그러나 삶이 불안과 두려움이라고만은 하지마라!
대신 삶은 자유와 황홀과 경이로움이라고 하라!
삶은 오히려 불안과 두려움 때문에
더 황홀하고 경이로운 것이다!
그대 옛 보금자리를 떠나려하니 불안한가?
그대 미지의 세계 들려하니 또한 두려운가?
우리 삶을 넘을 때마다
거기 불안 있고 두려움 있다

불안을 피하면 더 불안이고
두려움을 피하면 더 두려움이다
용기 있는 자
가슴으로 사는 자
그들은 불안을 즐기고 위험을 즐긴다!
그들은 불안을 먹고 두려움을 먹고 산다
비겁한 자 그들만이 위험을 피해

안전하게 살려고 한다!
그들은 죽음처럼 이미 죽은 자들이다

두려움은 성장의 경계선마다 있는 것
불안은 그곳 극복하라는 신호인즉
그 지점 극복하면 한 발 더 성숙하고
대결을 회피하면 두 발 더 후퇴하니
우리 두려움에 불구가 되지 말자
우리 사랑으로 불안 넘어야 한다
우리 사랑으로 두려움 극복해야 한다

우리, 거울을 닦읍시다

죽음은 거울입니다
삶을 비추는 맑은 거울입니다
그러니 우리 거울을 봅시다!
내가 누구인지
거울에 내 얼굴 비추어 봅시다!
그 안에 하늘도 있고 나도 있습니다.

우리, 우리 넘어 죽음을 봅시다.
죽음 넘어 우리를 봅시다.
내가 죽지 않고는
내가 누군지 알 수 없습니다
우리 죽음을 알아야 합니다
죽음보다 더 깊은 바다가 어디에 있는가?
우리 그 바다를 건너야합니다
죽음보다 더 높은 산이 어디에 있는가?
우리 그 산을 넘어야합니다

죽음은 결코 두려운 것이 아닙니다.
누가 죽음이 두렵다 무섭다 했습니까!

우리 죽음을 알고 죽음과 친해야 합니다.
죽음은 삶을 가르치는 맑은 거울입니다

그러니 우리 죽음의 거울 보아야 합니다
거울보기가 두려운 사람은
자기 모습이 흉한 사람입니다
잘못 산 사람입니다

석가모니는 일찍 보리수나무 아래
죽음의 거울 놓고
그는 인류의 거울이 되었습니다.
모든 인류의 문을 열었습니다
예수도 그랬습니다.
그는 산몸으로 죽음의 거울 넘었습니다.
그리고 그는 하늘의 문을 열었습니다.

그러니 우리 거울을 봅시다!
거울에 내가 보이지 않으면
내가 잘못 살았던 것입니다.

그땐 우리 웁시다,
많이 웁시다!
그리고 그 눈물로 우리 거울을 닦읍시다.
울 줄도 모르는 사람 있으면
우리가 그들 대신 울어야 합니다.
우리가 그들의 거울도 닦아야 합니다.

왔던 여행 마치고 땅의 옷 벗어버리고
본디 우리 고향에 들어가면
그땐 하늘이 칭찬할 것입니다
이 땅에선 좀 서러웠고 고통스러웠을 지라도
하늘이 그들을 상 줄 것입니다
그들이 참으로 거울을 잘 닦았다고
잘 살았다고 -

인형

아기에게 놀라고 빌려준 인형
그는 그것이 자기 것인 줄 알고
참으로 좋아합니다.
얼마 있다 달라하니
울면서 주지 않으려 합니다.

나도 마찬가지
나도 아기같이
하늘이 얼마 있다
함께 놀던 내 아내 달라하니
내가 울면서 주지 않으려합니다
하늘이 얼마 있다
함께 놀던 내 자식도 달라하니
울면서 주지 않으려 합니다.

내 아내도 내 자식도
잠시 빌려준 줄 모르고
나도 아기같이 울고 있습니다.

내 아내도 안 주려고
내 자식도 안 주려고

나는 모르고 있었습니다.
모든 것은 내 것이 아닌 줄
나도 내가 아니면서
내 것인 것은 하나도 없는 줄
나는 모르고 있었습니다

삶과 죽음은

삶과 죽음은 따로 가 아닙니다
세상 둘로 가를 수 없듯
삶과 죽음 둘로 가를 수 없습니다
삶과 죽음은 한 세상
가슴에 큰 하늘 안고 사는 사람은
삶과 죽음이 하나일 뿐입니다

삶은 하늘이 내뿜은 숨결
죽음은 들이 마신 숨결
삶과 죽음은 따로 가 아닙니다
그것은 한 숨결, 한 호흡입니다

지금은
성숙을 위한 여행일 뿐
죽음은 그 여행이 끝나 가는 것
죽음은
참 나가 아닌 거짓과 고통
거짓 나가 죽는 문 -
정말 나를 찾는 것
얼마나 설레는 일입니까!

세상에 지금까지 살아온 것

그 모두가 신의 축복이라면

죽음 다음은 더 큰 축복일 것

왜 죽어보지도 않고

죽음을 두려워합니까?

사는 것도 하늘의 것인 것처럼

죽음 다음도 하늘의 것인 줄 안다면

살아서 좋은 만큼

죽는 것도 좋을 것입니다.

영원으로 우리인 것은

그 아무 것도 없습니다

버려야할 것 버리지 못해 울지 맙시다

없어지는 거짓 붙잡고 울지 맙시다

죽는 것이 두렵다면 잘못 산 것입니다!

죽음을 알고

죽음과 친해져서

죽음을 이기면

죽음은 두렵지 않습니다

우리 성스러운 죽음 피하려
발버둥치지 맙시다.
그것은 죽음의 신비를 두려워하는
성숙치 못한 영혼들이 하는 짓

꼭 찾아오는 죽음,
왜 아닌 체, 모른 체 피하려만 합니까?
반드시 오는 죽음, 두려워 말고
성스러움으로 맞이합시다.
그것이 정말 지혜롭고 옳은 길입니다

죽음을 아는 우리
이미 죽어, 아름다운 삶 삽시다

나는 누구인가?

나는 누구인가?

나는 내가 아닐 거다

나는 본래의 나는 모르고

내가 모르는 다른 사람일 거다!

나는 세상에 가장 큰 질문!

나는 누구인가?

그가 벌써 일곱 살에

그의 가슴 한 모퉁이에는

죽음을 안고 사는 한 노인이었다!

일찍이 그의 눈앞에 한 죽음을 보았으니

그가 바로 생각하는

어린 죽음의 철학자였노라!

나는 누구인가?

몇 밤 안 자고

봄도 가을도 몇 번 안 지난 것 같은데

벌써 칠십이 지난 백발노인이 되었구나!

아니다 그는 백발노인이 아니다

한 쪽 가슴은 돌덩이처럼 굳어졌다 하나

한쪽 모퉁이 연한 가슴엔
어린 소녀가 살고 있다
그가 다시 눈을 열고 가슴을 열고
다시 또 사랑을 하고 싶어 한다
그래서 내가 누구인가?
일곱 살짜리 노인인 것처럼
또 칠순 먹은 어린애이다

내가 누구인가?
뒷집, 옆집 친구가 병들어 죽어
땅에 묻히는 것 똑똑히 보고서도
그는 영원히 죽지 않을 것만 같으니
그래 그게 아니다.
그는 그가 아니다
그는 죽지 않는다.
영원히 죽지 않는다

그래서 내가 누구인가?
나는 아주 먼 곳에서
시간이 눈을 가리는 땅에

영혼을 가리는 하늘에
잠시 여행 온 여행객일 뿐
나도 조금 있다 친구처럼 갈 것이다
옷은 땅에 벗어놓고
내 본디의 고향
그곳으로 다시 돌아가리라

지금은 내가 누군지 모르지만-
내가 옷을 벗으면 알 것이다
내가 누구인지-

괜찮다 하지 말자!

우리 아무리 괜찮아도 괜찮은 체 하지 말자!

이 세상엔 괜찮은 사람 아무도 없다!

잠시 후면 어느 누구든 절박함이 다가온다

우리 모두 곧 벼랑 끝에 도달한다

우린 모두 쫓기고 있는 중

모든 것은 끝내 절벽이고 벼랑이다

어떠한 화려함도 반드시 죽음으로 간다

그러니 아닌 체, 괜찮은 체 하지 말자

그대 지금도 속으론 떨고 있지 않은가?

그래서 싯다르타는 왕의 자리 마다하고

자기 반쪽 아내도 떼어놓고

자기 한쪽 자식도 놓아버리고

살을 찢는 이별을 했다

그는 먹지도 않았다

먹지도 않고 울고 한없이 울었다

죽음을 알려고

죽음을 이기려고

어느 누가 죽음을 이기겠냐마는
왕의 자리 버린, 아내마저 떼어놓은
자식도 놓아버린 붓다는
죽음을 깨뜨리고 죽음도 이겼다

우리 가만 있을 수 없다
시간은 너무 짧다!
더 이상 미루지 말자!
순간이 절실하다!

우리 울어야 한다
부자는 가난한 사람 가슴 안고 울어야 한다
우리 울어야 한다
잘난 사람 못난 사람 손을 잡고 울어야 한다
모두가 가엾고 불쌍한 사람들!
그렇게 하면 하늘도 감동하여 함께 운다
그때 우리 하늘도 만난다

그때 우리 죽음을 알 수 있다
죽음도 이긴다

우리 죽음 알고 죽음 이기기전까진
아무도 괜찮지 않다!

섬 하나

섬 하나 있습니다
잠시 머무르고 구경만 할 수 있는 섬
참 아름다운 섬입니다
그러나 그 섬의 규칙이 하나 있으니,
섬에선 무엇이든 다 구경하고 사용할 수 있으되
나올 땐 무엇 하나 갖고 나올 수 없다는 것,
만약 섬에서 무엇 하나 가지고 나오다간
섬 부두에 이르러 모든 건 다 빼앗기고 맙니다
그리고 다만 몸만 빠져 나올 수 있습니다

섬의 것은 섬에 놓고 가야 한다는 것입니다!

그러나 사람들은 알려줘도 모르는가 봅니다
아름답고 신기한 물건들에 현혹되어
정신도 놓은 채
규칙을 위반한 줄도 모르고
구경도 제대로 못하고
욕심껏 물건을 부두에까지 가지고 옵니다
그러나 부두에서 모든 건 압수당하고 맙니다
그는 늦게 서야 정신 차리고 후회합니다

- 거기에서 섬은 지구라는 섬,
 몸은 영혼이라는 몸,
 부두는 죽음이라는 부두입니다 -

규칙도 모른 채 잔뜩 짐을 부두에까지
짊어지고 온 사람들은 후회합니다
죽을 때 삶의 끄트머리에서
이렇게 후회합니다
'아, 내가 잘못 살았구나!
내가 그리 빡빡하게 살지 말 것을
그런 줄 알았으면
내가 남들에게 더 자비와 사랑을 베풀 것을 -
어렵게 잔뜩 짐만 짊어지고 오느라고
그 아름다운 구경도 제대로 못했구나!
사랑도 제대로 못했구나!
아, 내가 잘못 살았구나!
삶은 소유가 아니고 여행인 것을
여행은 간단한 옷차림이 좋은 것을
아, 그러나 이제 시간이 되었구나!
죽음이 임박했으니' 라고 후회합니다

그렇습니다
세상도 그저 구경만 할 뿐
거기서 가져갈 건 없습니다
아무리 값진 황금둥지일지라도 그것을
하늘까지 가지고 갈 수는 없는 노릇입니다

삶도 그렇습니다
세상을 떠날 땐,
세상에 올 때 갖고 온
나만 갖고 갈 수 있듯
세상에 내 것은 없는 것입니다

기쁨도 행복도 마찬가지,
몸은 영혼을 담는 그릇일 뿐
몸은 섬에서 잠시 영혼의
여행을 위해 쓰이는 도구일 뿐
몸이 나는 아닌 것입니다
그러나 사람들은 착각하고 있습니다
몸이 영원한 나인 줄 착각하고

몸을 통해
몸으로
영원한 기쁨을
영원한 행복을 만들려고,

그러나 그럴 수는 없는 노릇입니다!
영원은 영혼만이 영원입니다